Die Häsin und Sven Osterloh

Dieter Scheidig

DIE HÄSIN
UND
SVEN OSTERLOH

Eine Phantasie

1. Auflage

© Dieter Scheidig 2018
Herstellung und Verlag: BoD – Books on Demand, Norderstedt
ISBN: 9783752895414

Lektorat und Gestaltung: Timo Kölling
Prälektorat: Eva-Maria Thun

INHALT

RUDOLSTADT
2012

„Die Betroffenheit durch das Wirkliche hält man gern für das, was die Wirklichkeit des Wirklichen ausmacht. Aber die Betroffenheit durch das Wirkliche kann den Menschen gerade gegen das absperren, was ihn angeht, angeht in der gewiß rätselhaften Weise, daß es ihm entgeht, indem es sich ihm entzieht."

Martin Heidegger, *Was heißt Denken?*

DAS MÄRCHEN

Die Geschichte, die ich euch erzählen will, ist völlig erdacht. Spinnert ist sie noch dazu. Eben ein richtiges Märchen. Wolkenschieberei – Möglichkeitsphantasien halt, etwas aus der Zeit gefallenes... in's Nichts gerichtetes.

Es begann damit, dass ein Mensch namens Osterloh, gekleidet in einen schwarzen, wollenen Mantel kurzen, eher sportlichen Schnittes und mit Baskenkappe, seit über einer Stunde mit der S-Bahn in Berlin unterwegs war. Dieses Häusermeer! Dieses gigantische Häusermeer... Er hatte gestern seinen mürben Kleinwagen am Stadtrand gelassen, Nähe Stahnsdorf. Dieser große Waldfriedhof mit all seinen übergroßen Grabmälern und Mausoleen! Er, Sven, hatte das Grab von Friedhelm Jöster besucht und hernach nicht der Versuchung widerstehen können, in der nahen Bahnhofsschänke Starkbier zu trinken. Tiefgoldenbraunes Winterbräu mit durchaus acht Prozent Alkoholgehalt. Eine seiner ganz wenigen Schwächen: Fassbier! Neben der für preiswerte Trödel-Antiquitäten, vor allem aber für Bibliophiles!

Mit dem Blech-Japaner in die doch ziemlich entfernte Innenstadt zurückzukurven, um dann im Gewühl und dicken Sumpf des Prenzlauer Berges einen Abstellplatz für die zweifarbige Karre zu finden, war bei seinem Trunkenheitsgrad nicht mehr möglich gewesen. Dieser durchaus realen Selbsteinschätzung nachgebend, war er vor vierundzwanzig Stunden mit Bus und S-Bahn nach seiner Heimatstraße gefahren, wo er seit zwanzig Jahren ein hohes Berliner Zimmer in einer Hinterhoflage bewohnte. Nicht seine Traumwohnung, nicht seine Traumstadt. Sein Geburtsort ebenfalls nicht: Er stammte aus einem Kaff am Ilm-Fluss, Vierheim benamt. Seit ihn eine ABM am Ende des Studiums nach Spree-Athen verschlagen hatte, wohnte er hier in der Zochernstraße.

Ofenheizung! Erst zur Untermiete, dann selbst mit einem Untermieter, seit fünfzehn Jahren allein. Nach seinem Bibliothekarstudium in Leipzig feierte er ein Jahr arbeitslos, das heißt, er beantragte Sozialhilfe, weil er durch das vorangegangene Studium „kein Einkommen zur Grundlage der Berechnung von Arbeitslosengeld hatte", wie es im Vierheimer Arbeitsamt herzig hieß… dann kam die ABM. Was für ein Unwort!

Alle Welt bekam in den beginnenden 1990ern diese Arbeitsbeschaffungsmaßnahmen für ein begrenztes Zeitfenster, danach wurden die Menschen wieder auf den trüben „ersten Arbeitsmarkt" entsorgt.

Nicht so Sven Osterloh, der sich in der Stadtbibliothek Berlin-Weißensee unentbehrlich zu machen versuchte. Versuchte! Richtig! Er versuchte es…

Andere wären genauso geeignet gewesen; die praktische Intelligenz von Studienabsolventen, ja von allen Menschenkindern ist statistisch und praktisch nun eben etwa gleich – Gaußsche Normalverteilung im Durchschnitt –, das Verlangte wird der Eine oder Andere gleichermaßen schaffen. Dadurch scheinen die Individuen wohl austauschbar. Aber eben nur durch ihr identisches Leistungsvermögen, nicht durch den tatsächlichen Gewinnst, die wirkliche Ausbeute, den realen Entlohnungsbezug: Der Eine gewinnt durch soziale Molekularketten, etwa weil seine Mutter die Leiterin der Einrichtung, nennen wir sie Frau Melfert, kennt; der Andere, weil Frau Melfert auf ein Adventure mit ihm hofft. Im Falle, der Leiter hieße Herr Melfert und die Absolventin Fräulein, funktioniert's andersrum! Den Fähigkeitsgrad, das Verlangte zu tun, haben recht viele, die bezahlte, unbefristete oder nach erfolgreichem Unentbehrlichmachen entfristete Arbeits-Stelle nur sehr Wenige!

Und so wird es immer eine Metaphysik der Auswahl des Glücklichen geben, welche sich der Einsicht der neidvollen Zeitgenossen entzieht. Da heißt's dann eben nur: „Der hat ne Bombenstellung!“ Bei Sven nun lagen die Dinge nicht wesentlich anders: Er geriet in einer wirren Zeit – den beginnenden 1990ern – in den Bibliotheksbau aus roten Klinkern. Tolle Bude im Bauhaus-Stil. Diese eckigen, schlichten Dinger aus den 20er Jahren. Das Haus sprang in der grauen Flucht der Straßenbebauung zurück und war von einer dichten Reihe von Linden beschattet. Vor Osterlohs Dienstzimmer rauschte und summte es jedes Frühjahr.

Aber inwieweit lagen die Dinge bei Sven anders? Keine sozialen Molekularketten? Fortune? Klar! Es begab sich an einem kalten Wintermorgen in der Zeit des Endes von Svens begrenztem Arbeitsvertrag, dass der alte Jöster, ein abgehalfterter DDR-Armeeoffizier, auf seinem Weg von Wohnung (Neubau, dritter Stock) zu Bibliothek einfach umfiel. Tot! Herz! Der Major, der „Medtscher", wie er allgemein genannt wurde, war für die Türschlösser, Feuerlöscher und den Arbeitsschutz verantwortlich gewesen und hatte keinen blassen Schimmer von Büchern und Literatur. Sven dagegen lebte in den Druckseiten, kannte nicht nur eben die Klassiker, sondern schlug sich bis Max Frisch und Günther Grass durchaus mit Erfolg.

Und den hatte er, den sollte er haben, denn er beerbte durch ein gütiges Geschick und die Gnade des Leiters die Stellung des grauen Jöster mit der Auflage, auch in der von gestandenen Alt-Mitarbeitern als undankbare Tätigkeit empfundenen Ausleihe-Beratung Dienst zu schieben.

Er hing dem vorgestrigen nächtlichen Traum nach, erinnerte sich: Er war in Goethes Sterbeszene dabei… wie er sich im Lehnstuhl auflehnte, halb Marabu, halb Olympier, Sven seine kalte Hand gab, ihn nach der Uhrzeit frug, 's war merkwürdig... im Sinne des Wortes. Goethe war ein Mittelding zwischen Jöster und einem Marabu.

Gleich gestern hatte er deshalb hastig, wie fast jedes Jahr (wenn er's denn nicht vergaß), des Jösters bescheidene und unkrautbestandene Urnengrabstelle besucht und ihm von anderen Gräbern und Papierkörben bescheiden entnommene Blumen und Trauerflor mitgebracht. Etwas zu kaufen, wäre ihm nie in den Sinn gekommen.

Die Bahn war kühl und zur Nachmittagsstunde nur spärlich besetzt. Eine nach Eau de Cologne fuselnde Neubauoma stand drei Haltestellen breithüftig schwankend neben dem bärtigen Kontrolleur und düselte diesen über ihr Gesichtspflaster voll. Sven schaute einem glatzköpfigen Mann von hinten in die aufgeschlagene Bild-Zeitung. Irgendeine schmalgesichtige Schönheit lächelte ihn süffisant an. Lichtblitze blendeten ihn dauernd. Scheiß gestrige Sauferei. Dazu noch Schwindelgefühl. Bist halt ein Mann in den besten Jahren, dachte Sven in einem Anfall äffischer Selbstverspottung. Heute holte er jedenfalls seinen ältlichen Japaner und hörte dann, an der Waldfläche angekommen, in der Nähe Geknalle und Hundegeblaff.

Scheiß Jagd, dachte er! Die ganze Friedhofsruhe zum Täkser. Er war nochmal rasch zu Jösters Grab gelaufen, in dessen Nähe sich ein aufwändiges Industriellengrab mit einer Tonreplik des „Betenden Knaben" aus dem Pergamonmuseum befand. Der, der seine Arme hebt. Sven blieb immer minutenlang stehen. Hatte ihn nicht der große Friedrich im Park vor seiner Bibliothek stehen? Gern würde er den bezopften Potsdamer Alten sehen, wie er, das Auge mit der Hand beschattend, aus seiner Bibliothek nach der Bronze blickt. Der hier war aus Keramik. Die feinen Finger fehlten. Er ermunterte sich aus seinem Selbstgespräch.

Auf dem weitläufigen Friedhofsgelände, bereits in Nähe seines Kleinwagens, hub das Geknalle der Treibjagd, wie sie wegen der überhand nehmenden Hasenpopulation einmal jährlich genau hier veranstaltet wurde, laut knatternd wieder an. Es kam näher!

Sven blickte sich, die leicht angebeulte und falsch lackierte Wagentür öffnend, nervös um und setzte sich plumpsend in den Wagen. Noch bevor er die scheppernde Tür ins Schloss schlagen konnte, flitzte ein brauner Schatten über Osterlohs ausgestreckte Beine am Lenkrad vorbei und nahm auf dem Beifahrersitz Platz. Sven schaute herzrasend auf das Wesen neben sich. Es handelte sich um einen gewaltigen Hasen, der wohl vor den Schießgewehren der Jagdgesellschaft in das Auto geflüchtet war.

Und was für ein Hase! Der Dürerzeichnung identisch – Sven hatte sie in einem kürzlich eingepflegten großformatigen Bildband über den Künstler gesehen – saß das Tier, hastig atmend auf dem dunklen Stoffschonbezug des Nachbarsessels, von ihm nur durch den steil nach oben stehenden graugenarbten Plastik-Handbremshebel getrennt. Auffallend waren die nussbraunen, geradezu feminin geschnittenen Augen des Tieres, welche auf Sven Osterloh schauten. Der ganze Schnitt der Kreatur hatte etwas Vornehmes; merkwürdig wissend blickte das Tier mit seinen großen, glänzenden Augen auf Osterloh, dessen Herz immer noch raste, und der verwirrt auf seinen Beifahrersitz und dessen neuen Besetzer blickte.

Das alles waren nur Sekunden, dann geschah etwas Unfassbares, den nüchternen Sven vollends Verwirrendes: Das langohrige braune Etwas schüttelte sich und wurde größer, langbeiniger... Wie in rasender Zeitlupe verwandelte sich das Hasenwesen in ein Menschenkind!

Jetzt schlug Sven das Herz bis in den Hals, als wollte es heraushüpfen, heraus aus seinem beengenden Gehäuse. Er hatte wirkliche Angst und starrte auf das Ding neben sich, seine Hand krallte sich in den harten hellgrauen Kunststoffgriff der Fahrertür.

DIE BEGEGNUNG

Es war eine Frau, eher ein Mädchen. Schmal, italianisierend, gemmenhaft geschnittenes Gesicht, welches von langen nussbraunen Haaren umrahmt war. Diese gaben – grotesk, aber die samtige Schönheit des Fabelwesens nicht störend – den Blick auf lange Hasenohren frei, welche wegen der Beengtheit des Kleinwagens an ihren oberen Enden rechtwinklig eingeknickt waren.

Das war die Häsin! Die Häsin und Sven Osterloh!

Das Wesen fing mit einer überraschend dunklen Stimmfärbung an, zu reden.

Zu Sven gewandt, sagte die Häsin: „Guten Tag, ich bin die Serdal Dursum, vielen herzlichen Dank für das Notquartier deiner klaustrophilen Fahrmaschine!"

Osterloh rang nach Worten, hatte aber einen Anflug von Humor, der ihn entängstigte: „die Serdal" – Gott, wie wichtig!

Sich kneifend, bemüht, aus dem Traum oder der Zwangsvorstellung aufzuwachen, sprach er mit sich überschlagender Stimme hastig: „Was ist das und wer bist du. Bin ich tot oder was ist los?"

„Nein, ich glaub nicht, dass du tot bist, Sven", meinte das Wesen in wichtigtuerischer Überlegenheit. „Du hast ja dein Alter noch nicht weg."

„Wer bist du? Bist du ein Geist?" fragte der Alltagsmensch Osterloh.

„Geist? Ich bin ein Dursum, ein Zeitenspringer, ich bin Ergebnis vom Widerwillen des Willens gegen die Zeit und ihr ‚Es war'. Ja, sag Geist, aber eher Geistin. Ich bin doch eine Frau, ein Mädchen, nenne es wie du willst!"

„Und wieso bist du ein Karnickel?"

„Ich bin keinesfalls ein Kaninchen, Sven, ich bin, wenn ich überhaupt was bin, eine Häsin!"

„Nur der Schein trügt nicht…", sagte sie süffisant.

Ihre feingeschnittenen Lippen gaben mittige, leicht, ganz leicht zu lange Zähne frei… die merkwürdigerweise, wie die doch lächerlichen Ohren, ihre Schönheit nicht störten… Stören tat vielleicht ihr leichter Silberblick. Aber nur mit bösem Willen.

Osterloh hatte sich wieder einigermaßen in der Gewalt, als er die Häsin fragte, ob sie schon immer das war, was sie jetzt sei?

Serdal lächelte etwas bekümmert. „Nein, Sven. Bevor das Vergangene in die Erstarrung des Endgültigen einfror, war ich mal tatsächlich eine ganz normale Frau. Natürlich im Verhältnis zur vergangenen Zeit nur kurz… Ich bin die Tochter eines österreichischen Statthalterei-rates in Klattau gewesen. Nelkenzüchter! Damals sehr bekannter Adelsname. Mein Vater war Ignaz Stailler von Wollfersgrün. Zu meinem Bedauern sah ich, bereits in der unvorteilhaften Lage als Dursum, dass die zwei

Restträger des Namens 1866 bei Königgrätz fielen. Ich selbst hieß mal Adora Sidonie Stailler von Wollfersgrün. Du kannst in meiner Lage viel sehen, aber nix machen. Du kennst mich auch zweifach! Du hast mal in der Stadtkirche zu Klattau vor einigen Jahren die Begräbnisgruft besichtigt. Du weißt, diese mit den komischen Mumien! Ich liege da!"

„Woher weißt du das alles?"

„Lass mich mit einem Zitat deines Lieblingsdichters antworten, Sven: Allwissend bin ich nicht, doch viel ist mir bewusst!"

Osterloh, seinen zerlesenen Faust durchaus gut kennend, rückte in die äußerste Ecke seines Fahrersitzes, übertrieben weg von der Häsin.

„Nein", sagte sie tremolierend, „*der* bin ich nicht!" Was nun unseren ehrlichen Osterloh ernsthaft beruhigte. „Nein, ich hab damit wirklich nichts zu tun!", beteuerte die Häsin, ihre Stimme ein bisschen ins Naive stellend, was Sven nicht entging.

„Du hast gesagt, du kennst mich zweifach, Häsin?"

„Sag Serdal zu mir, Häsin ist mir zu animalisch, das ist nur das Zeug, aus dem der Rock ist, den ich trage."

„Beantworte bitte meine Frage", meinte der an innerer Sicherheit durch ständiges sich ins Bein Kneifen gewinnende Sven.

„Gut! Du hast in deiner Wohnung ein Bild von mir hängen!"

„Nee, das ist jetzt noch weniger wahr als du, Häsin. Meinst du den kleinen Biedermeierölschinken, den ich mir bei dem Münchner Flohmarkthändler draußen in den Lilienthalstraßen-Hallen gekauft habe?"

„Genau, das bin ich. Deswegen kennen wir uns. Denkst du, ich hüpfe zu jedem ins Auto?"

„Das ist ein Portrait von dir?" sprach Sven gedehnt.

„Jaaahhh, aber ohne Ohren und Hasenzähne!" sagte Serdal belustigt.

„Und... seit wann bist du das, was du bist?" frug Sven zaghaft.

Serdal errötete. Man sah es trotz ihres Gesichtsflaums, der samtig ihr Antlitz überzog, dass sie sprichwörtlich bis unter die Haarwurzel errötete. „Sven, ich erzähl's, aber dazu müssen wir uns vielleicht etwas näher kennen. Ich jedenfalls bin nicht schuld daran, nicht total jedenfalls! Ich wollt's auch noch ändern, aber wie bereits Wilhelm Busch sagte – denn hinderlich wie überall, ist hier der eigne Todesfall."

Sven erheiterte sich wider eigenen Willen... ja, Wilhelm Busch, ein Bändlein lag auf seinem Nachtschrank! Übrigens auch mit dieser Bildgeschichte „Der Maulwurf", dessen Schlussverse Serdal hier gerade zitierte.

Sven blickte Serdal misstrauisch blinzelnd an. „Spionierst du mir hinterher?"

Wieder errötete Serdal. „Neeeeein, Sven, wo denkst du hin? Vielleicht ein bisschen... Busch mag ich aber auch sehr."

„Du hast geplüscht, Häsin, gib's zu!"

„Ja, Sven, dies hat aber einen einfachen Grund. Du musst mir helfen!"

„Dir helfen – ist dir noch zu helfen?"

„Wie meinst du das?" frug die Häsin verschnupft.

„Nein, nur ein Anflug von Humor, Serdal, erzähl einfach!"

„Nicht hier. Kannst du mich nicht mitnehmen?"

„Ich hab dann sozusagen einen Geist zu Gast", erheiterte sich Sven und sagte: „Du nun gehst nachher mit deinen unauffälligen Hasenohren die Haustreppe rauf, und wenn uns in Berlin Schupos kontrollieren, sag ich einfach, das ist Dursum und sie hieß mal Adorno!"

„Adora Stailler von..."

Sven unterbrach das schöne Biest: „Wie stellst du dir das vor?"

„Pass auf, Sven, jemand anderes als du kann mich ohnehin nicht sehen, und wenn es dich verunsichert, nimmst du mich in meiner Hasengestalt mit in deine Bude. Haustiere sind ja wohl erlaubt!"

„In meine Bude, hm, Serdal, du gehst aber ganz schön ran!"

Die Häsin errötete wiederum. „Ja, das mag sein, dass ich aufdringlich bin, Sveni", sagte sie. „Hm. Das kann wirklich sein! Aber, du: Ich starb in den beginnenden 1840ern, ich... ich... habe zwar danach viel gesehen und mich für alles interessiert; und glaub mir, es gibt unter unseren Wesen so richtige Plinsen, die nicht im Denken angekommen sind und nur ab und zu mal die Leute mit nem lauten Huh oder Poltern erschrecken, als sei das ne Riesenkunst. Ich traf auch kaum andere aus unserer Sparte. Ich fürchte mich nämlich furchtbar! Hörst du, Sven, du darfst mich nicht erschrecken, so mit Bettlaken und lautem Geheule!" plapperte Serdal, um dem Gespräch eine andere Richtung zu geben.

Der sensitive Sven bekam das freilich mit, sagte aber vorerst nichts und ließ die Häsin mit ihrem mädchenhaft milchigen Geschwätz gewähren.

Es war so, wie Serdal gesagt hatte, niemand bekam den Hasen im Einkaufsbeutel mit, den Osterloh die drei Treppen hochschleppte, und in der Wohnung, die sie neugierig musterte, ging eine merkwürdige Verwandlung mit ihr vor.

Sie schaute sich das goldleistengerahmte, schielende Biedermeierportrait über Osterlohs Sofa an, und ihre Ohren wurden kürzer. Nicht gleich, aber merkbar. Ohnehin schön, wuchs nun Serdal optisch über sich hinaus. Sven war baff und musste sie immerfort ansehen. Die Häsin bekam dies wohl mit, denn ihre im Kerzenlicht glänzenden Augen funkelten freundlich zu ihm herüber. Sie lächelte und streckte ihre überlenkte weiße Hand nach ihm aus. „Sven", sagte sie, „Sven! Danke!"

Er nahm ihre Hand. „Du hast dich vorhin verplappert, Serdal, Adorno."

„Adora, herzlieber Sven, Adora. Adora Sidonie Stailler von Wollfersgrün. Ich bin die Tochter des…"

Sven unterbrach: „Dieses Konferenzrats-Titelungetüms!"

„Das war in meinem Geburtsjahrhundert nun mal so, Adjustierung und Titel gingen meinen österreichischen Ahnen über alles, mir war's zu langatmig, so recht gefallen hat mir erst deine Zeit."

„Du wolltest vorhin etwas sagen, Serdal, was mit den 1840ern, und dann fingst du an zu stottern."

„Ja!" sagte die Häsin trocken. „Ich starb 1842 zu Klattau als Jungfrau in meiner Hochzeitsnacht."

„Das klingt aus der Warte des 21. Jahrhunderts vielleicht pathetisch, bedeutete für mich aber ein ausgesprochenes Unglück. Danach wurde ich als Letzte in der Gruft unserer Jesuitenkirche beigesetzt. Du hast mich dort vor Jahren gesehen, respektive du sahst, was dort von mir liegt. Sozusagen den Rock, den Stoff, aus welchem meine damalige Existenz geschneidert war. Ich bin als Jungfrau gestorben und habe noch dazu das Pech, hier durch Verquickungen und blödsinnige Folgeketten als

Dursum durch die Zeiten rumhamstern zu müssen. Du kannst beides ändern, dafür bekommste auch was."

Sven bekam einen zu engen Kragen, und er wurde rot. Jetzt wurde er puterrot. Seine arg wenigen Frauen hatten ihn so direkt nie angemacht. Jetzt war's ausgerechnet ein Geist, der mit ihm schlafen wollte.

Eine geile Häsin!

Er verstand jetzt auch ihre Gestalt. Gut. Er dachte nach. Viel zu verlieren war ja wohl nicht, auch war Serdal ein verdammt schönes Biest.

„Gut, Serdal", sagte Osterloh sachlich und in starker Intellektualität. „Gut. Das mit deiner Jungfernschaft bekommen wir in den Griff, Serdal, dazu bedarf es ja nur unser beider und meiner Chaiselongue. Aber was ist das lösende Element, was sind die Verquickungen und Verwicklungen, die vielleicht noch lösbar sind, und was willst du geben? Nimm die Fragen in ihrer Bedeutung in der Reihenfolge meines Stellens und beantworte willkürlich."

Serdal ließ sich auf den Sachton ein und antwortete: „Das mit uns und deinem Kanapee ist, denke ich, faktisch richtig formuliert, der Lösungsansatz mit den Verwicklungen ist eine längere Erzählung, in deren Ausklang sich die Lösung ergibt, und geben, ja, Sven Osterloh, hier wird's dünn, faktisch und ganz praktisch, geben kann ich nur Erkenntnis. Ich kann dir nicht das besorgen, was in deiner Vorstellungswelt ist, Geld vielleicht oder das Tischlein deck dich, oder meinethalben den Esel Bricklebrit. Selbst modernere Gegenstände, wie ein sich selbst aufladendes Handy oder den Ölradiator-Heizkörper ohne Strom und die niemals leer werdende Kaffee-Thermoskanne gehören tatsächlich ins Reich der Fabel und des Unwirklichen! Wir können allerdings zu allen Schauplätzen des Daseins seit 1842 reisen; vorausgesetzt, diese sind nicht gerade auf der anderen Seite der Erdkugel. Erspare mir also Pearl Habor. Aber spannend waren die letzten 170 Jahre durchaus, ich sah alte, glänzende Staatsgebäude verschwinden, und andere an deren Stelle wie aus den Tiefen der Erde hervorkommen."

Sven war beeindruckt und vergaß alle Vorsicht und Zurückhaltung. Damit war er leicht zu ködern: Geschichte und Biographien waren sein Steckenpferd. Auch war er mit einer sehr gesunden Sinnlichkeit, ja mangels Möglichkeit eminent unausgelebten Geilheit ausgestattet, die den doch etwas pikanten Wunsch der Häsin grundlegend möglich erscheinen ließ.

„Können wir tatsächlich in die Vergangenheit reisen, Serdal?"

„Ja, aber, ich wiederhole mich, nur von den 1840ern bis in vor kurzem abgeschlossene Handlungsstränge! Ich kann wirklich nur mit Erkenntnis dienen, du findest durch mich keine vergrabenen Schätze, und ich kann auch keine Lotteriezahlen voraussagen."

„Hm."

„Noch was. Ich brauche von dir konkrete Wünsche des Ortes und des Jahres. Ich kann jetzt keine allgemeine Sightseeing-Tour mit dir durch die jüngere Vergangenheit organisieren!"

„Aber das ist doch alles voll unlogisch", meinte Sven, plötzlich resigniert. „Ich glaub das alles nicht. Ich glaube garnix mehr." Er griff nach Serdal.

„Bleib mir vom Leibe!" zischte sie. „Zumindest mit deiner sogenannten Logik!" schränkte sie sofort ein. „Lieber Sven, was ist denn Logik. Sie führt in die Irre. Vor dem Palais meines Papas stand weiland ein Losverkäufer. Er präsentierte auf seinem Klapptisch aus Bambusrohr 100 Lose, von denen, wie er vollmundig sagte, eines gewinnt. Da jedes Los nur in einem Prozent der Fälle gewinnen konnte, glaubte ich von jedem einzelnen vor mir liegenden Los, dass es nicht gewinnt. Ich glaubte aber auch, und der windige, rotgesichtige Losverkäufer bestätigte es lauthals, dass eines der 100 Lose gewinnt. Ich hatte also zwei Meinungen: Meine Logik sagte, Los Nummero 1 gewinnt nicht, Los Nummero 2 gewinnt nicht, bis hin zum Los Nummero 100, welches auch nicht gewinnt. Mit anderen Worten: Keines der Lose gewinnt. Ich orientierte mich lediglich logisch an der Gewinnmöglichkeit der einzelnen Lose. Logisch war aber auch, dass einer der 100 vor mir liegenden Losbriefe gewinnt! Sven, jeder, der nicht an Hybris leidet, wird zugeben müssen, dass er sich in zumindest einer Meinung irrt. Soviel zum Thema Logik! Was anderes – hast du Musik? Ich würde gern tanzen, mit dir tanzen!"

Eine tanzende Häsin! „Na, da bin ich aber gespannt, Adora!" sagte Sven und schaltete mittels des Netzsteckers seine angejahrte Anlage an. „Was willst du hören... mein Geschmack ist beschränkt auf..."

„Auf schwere Klassik des gesamten neunzehnten und leichte Tanzschlager des ersten Drittels des zwanzigsten Jahrhunderts. Prima! Weißt du, Sven, wie oft ich den ollen Heesters in ‚Gasparone' gesehen habe. Mein Schwarm damals... im Dunklen sah niemand meine Hasenohren... das wäre auch was geworden, in unserem lieben 1937er Deutschland!"

Svens Augen blitzten vor Freude. Was für ein Luder. Was für gemeinsame Ebenen! Dass Adora vielleicht pokern könnte, fiel ihm nicht ein. Geschickt legte er eine Tonband-Kassette ein. „Ich werde jede Nacht von Ihnen träumen, Ihr Anblick wird mir unvergesslich sein..."

Adora wiegte ihre hohen, schmalen Hüften und tänzelte leicht den Schritt... „Ich hab so viele Wünsche im Geheimäääääään, die sollen einmal in Erfüllung gääähn...", knödelte der melodische Jupp zu abgedämpften Trompeten. „Jaaah, der Peter Kreuder, das war ein Komponist!" riefen beide unisono und lachten!

Eng umschlungen tanzten sie die eingängige Melodie. Sven war völlig hingerissen von diesem Schlaps. „Aber zuvor würde ich dir gerne die fatale Geschichte aus meinem Geburtsjahrhundert erzählen!"

„Vor was?", frug Sven und musterte lüstern Sedals Brust, die sich unter der farbigen, etwas geschmacklosen Bluse abzeichnete.

„Du schläfst also mit mir... Du schläfst also durchaus mit einem Geist!?" Serdal ging wippend zu Svens Fensterrollo und ließ dieses mit einer gewissen Routine rasselnd in Funktion treten. Das Rollo klatschte laut unten auf, und im Umdrehen, mit der linken Hand den Lichtschalter betätigend, knöpfte Serdal-Adora sachlich ihre Hemdbluse auf und ließ zwei makellose Brüste sehen. Auf Sven zugehend, nestelte sie an ihren Hosenbeinkleidern herum und stand zwei Schritte weiter splitternackt vor ihm. „Los, bringen wir es hinter uns, dass ich nicht pausenlos daran denken muss", sagte sie mit ihrer dunklen Stimme und küsste den erstaunten Sven mitten ins Gesicht.

Adora stöhnte laut, die wenigen Frauen, welche Sven als Langzeit-Freundinnen konsumiert hatte, taten dies nicht. Er kannte diese Geräuschintensität ansonsten nur aus Hardcorefilmen, derer er sich aus akutem Mangel dieses Behufes in den letzten Jahren häufig bedienen musste, sowie aus dem Nachbarzimmer einer polnischen Pension, wo er vor Jahren irgendwelche Osteuropäer einmal furchtbar laut bumsen gehört hatte. Er hatte damals sogar für einen Augenblick an der dünnen Wand gelauscht, war aber durch den mitreisenden Kollegen gestört worden...

Schwer atmend frug Sven eine kurze Viertelstunde später eine entzückend zerknautschte Adora, was denn vor 170 Jahren passiert sei.

Sie stand auf, so dass ihre langen Beine und ihr hübscher Apfel-Hintern von Osterloh bewundert werden konnten, und warf sich seinen ausgeblichenen Frottee-Bademantel über. „Sven, es ist, wie gesagt, eine Kombination aus mehreren Umständen."

„Erzähl endlich!"

Adora atmete theatralisch ein, machte ihren Mund spitz und hub an:

DIE ZEITLAMPE

Es begab sich zu Klattau, einer Kleinstadt der Donaumonarchie in Westböhmen, einem Ort in Grenz-Nähe zum Königreich Bayern, am Anfang der Vierziger Jahre des vorvergangenen Jahrhunderts. Im Zentrum meiner Erzählung wird die Schusseligkeit und Oberflächlichkeit des damaligen Menschen Fräulein Adora stehen.

Adora Sidonie Stailler von Wollfersgrün wurde als letztes der drei Kinder des österreichischen Statthaltereirates in Klattau geboren. Dass der Apoplektiker Ignaz Stailler von Wollfersgrün Nelkenzüchter war, habe ich dir bereits angemerkt. Ignaz, übrigens 1793er Jahrgang, lebte mit Frau und Kindern in der lärmenden Leopoldstraße, wo weit vor Staillers Amtsantritt im Jahre 1833, noch in tiefer Zopf- und Haarbeutelzeit, das breit gelagerte Statthaltergebäude errichtet worden war. Amadeus Mozart soll als sehr kleines Männchen mit umgeschnalltem Kinderdegen, und in einen zitronengelben Rockelor geknöpft, hier gespielt haben. Die Statthalterei hatte einen mittigen, durch zwei Etagen geführten Festsaal und in den 1760er Jahren einen musikbegeisterten k. und k. Hofrat F. J. Kalfer als Erstbewohner, der dem geschäftstüchtigen Mozart-Vater unentgeltlich den akustisch hervorragenden, noch dazu nietnagelneuen Raum für das Gastspiel dieses Wunderkindes und seines Schwesterchens zur Verfügung stellte. Dem alten Mozart soll vom Terpentin- und Firnisgeruch kotzübel geworden sein…

Zum Statthaltereigebäude zurück: Wir können es heutigentages nicht mehr besichtigen. Weder seine heitere Rokokofassade mit dem mittigen Dreiecksgiebel noch den Festsaal mit dem geschweiften Raumgrundriss und dem zugegebenermaßen etwas dämlichen Plafond-Gemälde. Auf ihm nämlich war, von spärlich vergoldeten Roccaillen umrahmt, Aurora in einem Wagen, kühn über eine Wolkenbank fahrend, dargestellt. Etwas verzeichnet und reichlich hastig auf nassen Kalk ausgeführt von dem schon etwas tapprigen Lorenz Daysinger und seinen flinken Gesellen. In angeblichen fünf Tagen soll dieser glückliche Kunstwindbeutel die durch zartrosa Gewölk kutschierende Göttin gemalt haben. So die Hausfama. Zu Adoras Lebzeiten stürzte ein tüchtiger Teil des Deckengemäldes in die Tiefe, ausgerechnet bei einem Abendkonzert mit Schubert-Liedern. Der bekannte Virtuose Sigismund Thalberg gastierte.

Genau beim heftigen „Was will denn der Jäger am Mühlenbach hier…" krachte Auroras Arm und Hand, geziert die Zügel des Gefährtes haltend, auf einen Beistelltisch mit roten Karaffen und exquisiten Weinbouteillen, dem eigentlichen Hauptanziehungspunkt der von Ignaz veranstalteten Hauskonzerte.

Nein, an der Stelle des ockerfarbenen Statthaltereipalais steht heute das glas- und chromblitzende Gebäude einer tschechischen Landesbank, errichtet in den späten

1990ern. Davor noch stand an gleichem Ort ein furchtbar gotisierendes Verwaltungsgebäude der 1850er Jahre mit Türmchen und Fialen, Fratzen, Spitzbögen und Wasserspeiern. Ja, denn das alte, wirklich hübsche Palais brannte bei einem gewaltigen Schadfeuer Anfang der 1840er aus. Ahnst du den Zusammenhang? Ahnst du ihn tatsächlich?

Zurück zu mir: Mein Vater und mehr noch meine Brüder erstrebten inniglich das Projekt einer Ehe mit einem Offizierskameraden der letzteren, dem Leutnant von Immelborn. Urban Levin von Immelborn war zweifelsohne das, was wir Backfische einen schönen Mann zu nennen pflegten. Mit seinen gebrannten Locken und ausgezogenen Bartspitzen, seiner regelmäßigen Gesichtsbildung war er der Schwarm aller meiner Freundinnen. Er war aber auch der Schwarm aller Waschmädchen, Plätterinnen, Choristinnen und Nähfräuleins. Ein Abgott aller Grisetten. Und Immelborn war ein Schürzenjäger ohnegleichen. Mit einem übrigens furchtbaren Musik- und Theatergeschmack ausgestattet: Immelborn enthusiasmusierte für's Vaudeville! Du kennst diese Richtung? Nein? Das ist Jahrmarktstheaterniveau, so mit frivolen Gesangsstücken zum Mitsingen, Tingel-Tangel halt... Sowas wie: „Yelva, die russische Waise" oder „Die falsche Tante und die Torte". Und am Ende, um sich wahrhaft kunstgenießerisch zu fühlen, noch lebende Bilder: „4 Marmorbilder in bengalischer Beleuchtung"

Aber ich verlaufe mich! Zurück zum Eigentlichen! Mein Vater, damals ein Mann in den besten Jahren, aber bereits mit gewaltigem Embonpoint, was seiner militärischen Attitüde doch einigen Abbruch tat, war in dem kleinen Hausgarten zwischen den beiden niedrigen Hofflügeln mit Nelkenpflege beschäftigt, als er mir die mich nicht gleichgültig lassende Nachricht mitteilte. Für ihn wichtiger war der mit fahrender Post angekommene Nelkensamen aus Nancy. Zerstreut fing mein Père an zu sprechen. So ein wenig von oben herhab: „Ich hab da eine Surprise für die Demoiselle…"

Er behandelte mich immer so! Dabei war sein Gesicht von dem breiten Gärtnerhut beschattet. Das wäre eine Szene für dich gewesen, Sven, so voll blöder Unschuld und dann doch wieder nicht… mein Vater mit der Pflanzenschere, die duftenden Nelken, denen neben seinen zwei Söhnen sein Herz gehörte… die ganze ritualisierte Ungerechtigkeit meiner Zeit kam so recht in diesen zehn Minuten zum Ausdruck.

Ich war wirklich dumm wie eine Gans, nicht im geringsten lieferte ich eine mir durchaus mögliche Raison d'être – das bisschen was ich weiß, eignete ich mir sozusagen erst post mortem an – mir war's egal, noch war mir alles egal, ich war furchtbar indolent und toilettenbedacht, schlicht gesprochen: doof!

Die Hochzeit wurde mit mäßigem Aufwand gefeiert, größtenteils waren Kameraden meiner Brüder und des Immelborn geladen. Ich trank zum ersten Mal Champagnerwein, fürchtete mich unendlich vor dem nächtlich Kommenden, ging nach Einbruch der Dunkelstunde schwankend und durch die falsche Person geführt zu Bette.

Immelborn pokulierte immer noch lärmend in dem unter meinem Zimmer gelegenen Festsaal. Ich hörte die Stimmen meiner Brüder und den Bass meines Vaters ein saudummes Vaudeville-Couplet unter der fehlerhaften Pianofortebegleitung des Immelborn johlen. Der anzügliche Text über eine Brautnacht wurde mit rüdem Gelächter quittiert. Ich selbst fiel in's Bett und in bleiernen Schlaf... der bis heute währt...

Mein Blick fiel auf die Rüböllampe auf der Platte des Nachttisches..... und das mit römischen Zahlen versehene Zinnband um deren gläsernes Vorratsgefäß, welches mir mittels des sich verringernden Ölpegels die Stunde anzeigte. Diese Lampen wurden mit Rüböl gefüllt, oder wie wir in unserem Heimatidiom sagten, mit Kohlsaatöl. Als Docht diente, seit römischer Zeit unverändert, ein gedrehter, locker eingelegter Wollfaden.

Sven unterbrach: „Hältst du jetzt Vorlesungen in Beleuchtungstechnik der ersten Hälfte des 19. Jahrhunderts?"

„Nein, Sven! Hier war die Brandursache! Die Öllampenuhr war mit falschem Brennstoff gefüllt! Und ich glaube, die Trine, meine Kammerzofe war's, welcher der Immelborn einen Braten in's Rohr geschoben hatte!"

„Ich verstehe nicht mehr, von was redest du, Adora"?

„Stelle dir vor, dass die Lampe nicht mit Rüböl, sondern mit einem modernen, explosiven Brennstoff gefüllt wurde. Petroleum!! Dieser mineralische Brennstoff, ganz im Gegensatz zum trägen, fast zähflüssigen Rübsenöl, hat einen niedrigen Flammpunkt, nämlich ungefähr 75° Celsius, die Flamme brennt den nur locker gefassten Docht abwärts in den Ölvorrat, erwärmt diesen, es kommt zum zu raschen Nachfließen des Brennstoffes, eine ungewollt hohe Flamme entsteht... die in unserem konkreten Fall den geblümten Kattun-Vorhang meines Bettes in Brand setzte...

Das Petroleum, von uns damals modisch-anglisierend auch ‚Kerosene' genannt, war eigentlich für die neue, sogenannte Astrallampe im Arbeitszimmer meines Vaters gedacht.

Diese Argantlampe aus funkelndem, technisiert wirkendem Messingblech und grünem, opaken Glas-Schirm in Form einer Halbkugel war vor Tagen von einem Markthändler erworben worden. Übrigens englisches Fabrikat! Diese funktionierte mit einem ringförmigen, strumpfartigen Docht, welcher durch den engen Durchgang eines doppelwandigen Metallzylinders gezogen war, der das Durchbrennen der Flamme in das Vorrats-gefäß verhinderte. Das Ende des gewebten hohlen Baumwoll-Runddochtes, der überhaupt nicht dem seit der römischen Antike unveränderten wollfadenartigen Zipfel der Rüböllampe glich, war an seinem Ende in die Brennflüssigkeit getaucht. Der Mechanikus Aimé Argand erfand dieses treffliche Prinzip, glaube ich, 1783 in meinem vergötterten London. Über die Flamme war dann noch übrigens ein Glascylinder gestülpt, du weißt, Sven, was ein Glascylinder ist?"

„Ja! Nerv! Warst du in einer Leihbibliothek, Adorno, weil du das alles so prüfungsgut herzubeten weißt?"

„Sei doch du nicht genervt, Liebchen, unser Akt d'amour ist wohl bedrückenderweise temporär bereits zu weit weg?" reagierte Adora-Dursum süffisant. „Wenn dich das nicht interessiert…"

„Nein, bitte fahre fort", meinte Sven sachlich. „Du musst verstehen, ich wollte verstehen, warum du völlig unverständlicherweise…"

„Zu Tode kamst? Das kann ich verstehen. Übrigens, ich war in keiner Bibliothek. Jedenfalls die letzten 80 Jahre nicht mehr. Mein schlaues Wissen hab ich aus Wikipedia, der offenen Enzyklopädie…"

„Mein kluger Hase ist internettauglich", lachte Osterloh und prustete.

„Kann ich meine technisch-chemischen Ausführungen zum Ende bringen?"

„Ja, klar!"

„Ich vergaß, dir zu sagen, dass Pflanzenöl einen Flammpunkt von 230° bis 300° Celsius hat."

„Du meinst, in Relation zum Petroleum, welches, du hast es vorhin gesagt…"

„Mit 75° bereits entflammt! Jawoll!"

„Gut, liebe Adora, das waren technische Details. Jetzt komm bitte zum Menschlichen dieser Sache. Sozusagen zum Allzumenschlichen."

„Da kannst du nur den Herrn Immelborn und diese Grisette meinen", erwiderte die Dursum.

„Genau! Komme jetzt mal von den Erörterungen einer Argandischen Lampe zum menschlichen, menschelnden Drama. Mir ahnt natürlich schon was!"

„So?" meine Dursum spöttisch. „Unserem Sven ahnt etwas… Na gut, da kannst du ja weiter erzählen."

„Nein, dazu fehlt mir der Schein deiner Studierlampe!"

„Jaaaa, so nannte man diese messingfarbenen Dinger auch, du bist gut informiert:"

„Da du alles weißt, ist dir mein – ein blöder Begriff, der nix umreißt – kulturgeschichtliches Interesse bekannt, Adora!"

„Dafür liebe ich dich", sagte sie und gab ihm einen Kuß. Gierig griff er nach ihr, sie wehrte ab und sprang auf. „Lass mich zu Ende ausführen, Liebelein!"

„Ich also kam zu Tode, mein Grabnekrolog pries mich als früh dahingegangene Gattin des Lieutenant Levin von Immelborn – das hübsche Biedermeierepitaphium aus Lindenholz wurde übrigens in den 1940ern verheizt – der Inhalt war also eine schlichte Schwindelei, da die Ehe mit ihm nie vollzogen wurde. Das wirklich miese Schwein behielt meine Mitgift. Trotz jahrelangen Bemühens meines Vaters in mehreren juristischen Instanzen. Die Trine kam im ersten Kindbett zu Tode, sie springt auch durch die Zeit. Sie ist die Einzige, vor der wir uns in Acht nehmen müssen. Du musst mir helfen, die Geschehnisse der 1840er in die Ordnung zu bringen! Diese Ordnung besteht aus zwei Sachen: Dafür zu sorgen, dass Trine kein Petroleum in ihre Pfötchen bekommt und dass sie nicht im Kindbett stirbt. Wir reisen zurück, und du hast lediglich dafür zu sorgen, dass die Metze Rübsenöl für mein Nachtlicht verwendet, und ihr einige Zeit später Penizillin in's Wasserglas zu krümeln... Schaffst du das? Sven, ich bitte dich sehr... tu es, tu es für mich, meinethalben auch für das Flittchen, du kennst dich in der Vergangenheit aus, willst diese auch sehen... ich weiß wohl um deine Wunschstrukturen."

„Ja, über die weißt du in der Tat Bescheid", sagte Sven, schlug die Augen nieder und griff nach Adora, die sich ihm nicht entwand und lachend in ihrer ganzen Länge samt verschossenen Bademantel auf's Sofa plumpste.

Adora sprang plötzlich fremd und ungeduldig auf, zog sich hastig den furchtbaren Frottee-Bademantel über, schnürte sich demonstrativ eng ein und sagte bestimmend: „Du reist jetzt mit mir in die Vergangenheit! Nach Klattau in meine Brautzeit!"

„Nee, Adoralein, Liebelein... danach is' alles geklärt und alles ist gut, uns gelingt es, das boshafte Mineralöl zu verhindern, Trine einen Lister-Verband anzulegen, du bekommst zehn Immelbornkinder, oder lässt dich mit päpstlichem Dispens scheiden und stirbst als alte Frau mit schwarzem Spitzenhäubchen..."

„Das ist nicht dumm gesagt, zumal ich auch nicht weiß, was es für einen Zeitsprung gibt, was sich verändert... durch die... ähm... dann vielleicht veränderte Lage-Konstellation aller geschichtsbildenden Komponenten."

„Adora, echt Adorno! Ich liiieeebe intellektuelle Frauen! Adora! Dein philosophischer Einschlag! Deine langen Beine! Du wüchsiges Ding! Und wenn wir uns nie mehr sehen, danach?"

„Hm, gut, hier mutiere ich aber zur reinen Egoistin, wenn mir die Zeithopserei erspart bliebe, alles normgerecht, ohne überraschende Überraschungen ausginge... das wäre es *mir* tatsächlich wert..."

„Vorwärts, Adora-Dursum! Was anziehen muss ich mir allerdings!"

„Musst du, Sven! Musst du eigentlich?" fragte Adora süffisant. Osterloh schnappte Adora in einer raschen Bewegung den schlimmen Bademantel weg, hielt denselben völlig unnützerweise vor seine Blöße und ging zu seinem Kleiderschrank, übrigens ein schön furniertes Stück des Adora-Jahrhunderts.

„Sven, das überlasse bitte mir, ziehe dir etwas Gleichgültiges und gleichwohl Bequemes an. Auch blinzle nicht nach deinem unreinlichen Kühlschrank, lass uns mal dort essen."

„Dort? Wo dort?"

„In der Vergangenheit. In meiner Vergangenheit. Sven, wir essen gleich im Jahre des Herrn 1842!"

„Gut, Adora-Dursum. Ich schicke mich drein. Aber auch nur, weil mich der aktuelle Laden hier ziemlich ankotzt. Hör auf Adora, mit Beteuerungen, es kann nix passieren, es geht nichts schief... Adoralein, wie oft ist es schon schiefgegangen?" frug Sven in einem Anfall von Hellsichtigkeit.

„Die Sache mit der Berichtigung? Mit der Vergangenheitskorrektur?" Adora-Dursum errötete bis unter die Haarwurzeln. Sogar die Spitzen, die Ansätze ihrer in den letzten Stunden nicht mehr sichtbaren Hasenohren waren rot.

„Ich hab's zweimal verrissen. Ich will nicht schwindeln. Eigentlich habe nicht ich verrissen. Sondern zweimalig meine damaligen Begleiter."

Sven wurde für einen Moment zornig: „Hast du denen auch was vorgesäuselt, von wegen verpasster Brautnacht und so?"

„Du, das ist schon arschlange her, Sven, alle Beteiligten sind wirklich schon Braunkohle!"

„Wann passiert?" fragte er scharf.

„Sven, willst du nun die Ersthälfte des 19. Jahrhunderts sehen, riechen und schmecken, oder nicht?"

Sven hörte letzteres nicht, weil er sich an seinem Bücherschrank zu schaffen machte. „Adoraliebes, deine Erzählung enthält folgende Unstimmigkeit, liebwertes Lügenhäschen. Ich erlese in diesem abgewichst aussehenden Paperback folgendes: Die Lampe des Systems Argand ist eine verbesserte Öllampe, die erste reine Petroleumlampe wird vom Blechschmied Adam Bratkowski 1853 in Lemberg geklempnert und funktionierte mit von seinem polnischen Landsmann Ignacy Lukasiewicz, übrigens ein Apotheker, destilliertem Petroleum. Ansonsten stimmt natürlich alles, was den Lampenkram angeht, aber die Argandlampe deines Vaters funktionierte nicht mit Petroleum. Konnte sie noch nicht! Das kleine Messingmonster im Arbeitszimmer deines Papis schluckte auch nur Rüböl, Rapsöl. Wenn auch mit wesentlich verbessertem Helligkeitswert."

Die Häsin schien nicht wesentlich betroffen über die Dozentur Svens. Eher nachdenklich gestimmt. „Du", sagte sie mit ihrer schönen dunklen Stimme, „du, das wußte ich nicht. Ich erklärte mir den Brand mit einer absichtlichen Verwechslung des Brennstoffes in meiner Nachtlampe durch die eifersüchtige Trine. Wir müssen in die Vergangenheit springen, um zu sehen, was tatsächlich vor sich ging… und um es, wenn irgend möglich, zu verhindern. Du musst das machen."

Sven war unangenehm berührt. Irgendetwas verschwieg ihm das Biest. Trotzdem war sie toll, dachte er. Wie ertappt, wurde die Häsin noch röter. Sie begann resigniert, sich wieder auszuziehen.

„Nein, lass mal, erklär lieber!"

„Sven, das ist kompliziert, und die Kompliziertheit liegt bereits in der Beschränktheit deiner Annahme, vor 1853 habe es noch kein Petroleum gegeben. Wirklich kompliziert ist aber folgendes: Die Vergangenheit hat sich bei meinen zwei letzten Reisen urplötzlich geändert. In einer Variante wurde die Trine auch zum Zeitenspringer und nervte und vereitelte! Es können mehrere Varianten passieren. Sei es, wie es sei, du kommst in jedem Falle zurück in deine Zeit. Lebendig. Ohne Schaden."

„Du kannst mir viel erzählen, wenn der Tag lang ist, Liebelein, Lügenhäschen. Gerade weil dein Tag lang ist! Aber mir ist das Hier und Jetzt reichlich egal. Eine Frau wie dich fand ich nicht, und weitere zwanzig Jahre möchte ich nicht mehr in der unterfordernden Ausleihe sitzen. Da hilft auch kein Starkbier! Wesentlichen Anteil am gesamtgesellschaftlichen Reichtum habe ich nicht, ich wiederhole mich, dich habe ich auch nicht nur getroffen, um mit dir meine indolente Sinnlichkeit ausleben zu können. Nein, nein, ich bin für dieses Abenteuer bereit."

„Gut", antwortete sie warm, „gut, da ziehe dir deinen Mantel über, gib mir die Hand und schließe die Augen. Kneif sie richtig zu, blinzle nicht, auf dem Zeitsprung selbst, da gibt's nichts zu sehen. Und passe auf, es ist wie ein Fallgefühl, ein Stürzen nach unten, in die Vergangenheit. Ist nicht weiter schlimm. Ankommen, damit du's gleich weißt, ankommen werden wir in meiner Brautzeit, Klattau, 1842. Du wirst mich sehen können, du wirst mich sozusagen zweimal sehen, einmal unmittelbar bei dir, als Dursum, und dann die damalige Zeitgenossin Sidonie Adora Stailler von Wolffersgrün, das dumme Ding, das es zu schützen gilt."

„Mach's kurz", sagte Sven. „Adora, springen wir!"

DIE VERGANGENHEITSKORREKTUR

Der Sprung war unangenehm. Wie wenn man im Traum ausrutscht, taumelt oder schleudert. Wohl irgend eine Störung des Gleichgewichtsorgans. Man erholt sich sekundenlang nicht davon. Schüttelt sich, ermuntert sich. Er hörte, wie Adora auf ihn einredete. Von Freiheit in der Wahl von Zeit, Raum und Materie, als den einzigen Vorteilen des Dursum-Daseins. Von der überwiegenden Fülle der beschränkenden Nachteile. Sie waren in eine Flussaue vor Klattau gefallen. Adora war nervös. Sie war lange nicht hier gewesen…

Sven ermunterte sich vollständig. Das erste, was er sah, war neben sich das schöne Adora-Biest, dessen überlenkte Hand er quetschte.

„Au, Autsch, drück nicht so, Mensch, das waren doch nur 170 Jahre, was denkst du, wie lange du ins Mittelalter fallen könntest! Außerdem mussten wir nicht nur Zeit, sondern auch Entfernung überwinden."

„Sind wir wirklich da?" Er blickte sich um: Eine Mittelgebirgslandschaft, ein breites, übersonntes Tal. Unwahrscheinlich grüne Bäume. Ein schmaler Fluss, der braunes Wasser führte und bis zum Rand mit Grünzeug eingefasst war. Eine steinerne Bogenbrücke. Plakathaft gesättigte Farben. Mildes Licht. Trotz des mittäglichen Spätsommertages 1842, in den sie hineingefallen waren. Sven sprach von dieser Beobachtung zu Adora, welche, tief in Gedanken versunken, aufschreckte.

„Ja, Sveni, willkommen in dem Vergangenen! Die Sache mit dem Licht ist die: Das ist tatsächlich die Wirkung vom nicht vorhandenen Ozon-Loch in der Ersthälfte des 19. Jahrhunderts! Dieses Faktum führt empirisch zu dem Bemerken der kräftigeren Farben, des nicht allzu knalligen Lichtes. Die Blätter sind nicht verstaubt, wir haben hier noch nicht die Emissionsbelastung deiner Zeit, Staub von Straßen, Schornsteinen, Kohlekraftwerken, Industriebuden und dergleichen mehr. Rieche lieber mal, riechst du nix?"

Sven schnüffelte wie ein Hund, sagte aber zu Serdal, dass er nicht wüsste, worauf sie hinaus wöllte. Olfaktorisch war er kein Genie.

„Auf garnichts, liebster Sven, auf garnichts! Bemerkst du nicht, wie deine Zeit gestunken hat? Du riechst hier nur Grün und den brackigen Duft des Angel-Flusses, in dem sich keine Pestizide tummeln!"

„Angel? Hat das was mit Angeln zu tun?"

„Meinst du den Volksstamm oder die Jagd nach Fischen? Nein, Sveni, der Fluß heißt einfach so. Auf böhmisch Ùhlava!"

Sie liefen einen mit Pflastersteinen qualitätvoll befestigten, relativ glatten Weg flussaufwärts, zur Stadt, wie Adora beflissen erklärte. Da erst bemerkte Sven seine Kleidung! Ein in den Schultern grotesk aufgepolsterter blauer Frack, ein Halstuch, leicht einschnürend und beengend, an der Frontseite zu einer kunstvollen Schleife gebunden.

Blütenweiß übrigens das Tuch und leicht nach Veilchenwasser riechend. Sven nahm das mild drückende Etwas von seinem Kopfe und musterte es interessiert. Ein nach oben auskragender Zylinderhut, dunkelblau, starr, leicht plüschige Oberfläche. Er setzte ihn mit einem einzigen Schwung wieder auf seinen Kopf und schob den Hut in den Nacken.

„Sven, nicht so! Nicht wie ein Handwerksbursch! Nimm den Chapeau wieder in die Stirn!"

Sven fügte sich, schließlich war hier Adora tatsächlich die Expertin. Von dem wüchsigen Ding und ihrer zeitgemäßen Ausstattung konnte er den Blick nicht trennen: Strohhut, dessen Seiten heruntergeklappt waren, und schwarzes Krinolinenkleid, kaum sehbare Schuhe. Ihre lange Seidenrobe knisterte bei jeder Bewegung. Schlank, noch überlenkter als in Svens eigener Zeit-Gegenwart wirkend, schlenkerte sie mädchenhaft-übermütig mit ihrer gestickten Pompadourtasche und dem Damenstockschirm, bei dem ungeklärt blieb, ob er gegen Regen oder Sonne schützen sollte. Auf Osterlohs fragenden Blick flötete sie, seine Gedanken erratend oder sehend (bei Wesen wie Adora weiß man es nie genau): „Der tut mir beide Gefallen, Liebelein, Sven, du bist im Jahre 1842!"

Zögernd im Ausschreiten, stellte er dem hübschen Biest eine Frage: „Was nun?"

„Ganz sachlich. Wir tun jetzt auch hier das, was ich am besten kann. Was wir beide am besten können. Wir nehmen uns ein Nachtquartier. Vor den Toren der Stadt ist ein bekanntes Ausflugslokal mit Kaffeegarten und Zimmern. Die sogenannte ‚Bürgererholung-Ressource' mit Kegelbahn und Schießhaus. Wir gewinnen Zeit, du lernst dich in dieser Zeit bewegen, jaaaaaa, du ißt etwas. Mit pekuniären Mitteln bin ich ausgestattet", sagte sie auf den skeptischen Blick ihres Begleiters, dessen Magen übrigens erbärmlich knurrte. „Und... und wir haben noch eine, diese Nacht zusammen."

„Neee, Adora!" Sven blickte begeistert unter seinem Plüschzylinder hervor.

„Doch, Liebelein, wenn es dir gelingt, wenn es uns gelingt, wenn es gemeinsam gelingt, die Kerosenflasche und Trine zu verhindern, dürfte sich die Zukunft ändern und ich wandere, hoffentlich als uralte Frau, auf den Stadtfriedhof ins Stailler'sche – Wandgrab! Das ganze sozusagen vor Ausbruch des ersten Krieges!"

„Und ich?"

„Wir haben danach noch etwas Zeit. So schnell ändert sich nichts. Solche Spielereien mit den Zukunftssträngen haben eine gewisse Retardanz in ihren fatalen oder positiven Auswirkungen. Diese Zeitspanne werde ich nutzen, um mit dir wieder in deine Gegenwart zu springen und dann: Adieu!"

„Hm, Frau von Wollfersgrün. Adora-Biest! Die Planung ist prima, oder wie ich hier sagen müsste, trefflich, vortrefflich. Vor allem die Sache mit der Nacht!"

Adora verdrehte im Scherz die Augen. Aber auch ihr gefiel das nächtliche Projekt durchaus.

Die beiden waren in die Sichtnähe der von Adora beschriebene Restauration gekommen. Durch Baumwipfel war ein von der Abendsonne beschienener Giebel zu sehen. Drei neben dem trägen braunen Fluss stehende Gebäude überragten die Umgebungsbegrünung und bildeten den Grundriss eines Hufeisens. Eine Mühle? Die einstige Ölmühle von Benhof, einem winzigen Dorf unweit der k. k. Kreis-Stadt!

Also: „Eine Mühle seh ich blinken…" Adora begann zu pfeifen. Ihre gespitzten Lippen sahen hübsch aus. Sven blickte sie von der Seite verstohlen an. 1842? Böhmen? Spätsommer? Ein waschechter Geist? Was spann er sich hier zusammen? Er kniff sich, wie zu Anfang ihrer Bekanntschaft, die ihm bereits jahrelang deuchte. Jahre?

Sie standen jetzt vor der Restauration. Deren Hof wurde von unwahrscheinlich hohen und dichten Linden beschattet. Unter ihnen schwere Bänke und Tische aus dunklem, rohen Holz. Scharfer, kieniger Verbrennungsgeruch von Reisig hing in der Luft. Sven wurde ängstlich

und zögerlich, er sah einige Menschen den Platz bevöl-
kern.

„Monsieur Osterloh, nur Mut und Fortune, die Vergangenheit beißt nicht!"

Sven trabte der zügig ausschreitenden Adora herzklopfend hinterdrein.

Ein glatzköpfiger, untersetzter Wirt unbestimmbaren
Alters mit dunkelrotem Fez auf seinem Eierkopf, Leder-
schürze und Kniebundhosen dienerte der Demoiselle
entgegen. Sein linker Arm war angewinkelt, er hatte ein
nicht allzu sauberes Leinentuch darüber gelegt. Sven
hatte sich wieder gefangen und beobachtete genau.

„So krieg die Schwerenot! Guten Abend, Frau Grä-
fin, Frau Baronin, küss die Hand..."

Sie unterbrach seinen Redeschwall. „Es ist gut; Jirjy,
lass es gut seyn. Für den Herrn eine Haxe mit Knödeln
und einen Seidel Dunkles, für mich einen Kreuzbrunnen
und für das Tagesende die Zimmer zum Angelwasser,
hinten raus! Frisches Zeug und lüften, sag's der Mädi!"
erklärte Adora in einem weisungsgewohnten Ton, den er
nicht von ihr kannte. Er schaute sie fragend an. „Jetzt
keine Fragen, alles Weitere auf den Zimmern, nur Un-
verfängliches hier im Garten", sagte sie hastig.

Osterloh setzte sich auf eine Holzbank, er machte es
relativ professionell, indem er die gewaltigen Schöße seines Bratenrockes hinter sich warf. „Sehr gekonnt", be-

lobte die lächelnde Adora. Das Bier kam in einem Tonkrug mit silberblitzendem Zinndeckel. Er trank, erst vorsichtig, dann gierig!

„Hhmmm, ungespundet, ungefiltert, toll, kaum Alkohol!"

„Ja, Liebelein", sagte sie leise zu ihm, „das ist obergäriges Bier, Pilsener Brauart wird erst in ein paar Wochen 42 Kilometer nördlich von hier erfunden. In Pilsen, versteht sich. Das hier ist Haustrunk, obergärig, kaum lagerbar. Dessen typischste Wirkung steht dir noch bevor."

Die schweinerne Haxe kam, serviert von dem servilen Jirjy Kulka. Eine gigantische Portion auf Tongeschirr. Besteck mit hellen Beingriffen, nicht superreinlich. In einer abgedeckelten Steilwandschale die Knödel! Eine riesige, frischgestärkte Leinwandserviette dazu, welche Sven mit einer wie selbstverständlichen Geste auffaltete und in seinem Kragen plazierte.

„Wohl bekomm's", sagte der Wirt, während er Adora eine Tonflasche mittels eines blitzenden Taschenmessers von der Mündungsversieglung befreite und ihren blubbernden Inhalt in ein breites, grünliches Glas einschenkte.

„Als wer oder was bist du denn hier bekannt?" fragte Sven wieder verängstigt.

„Als garnichts! Die Titelsucht meiner Zeit, zur Zeit unserer Zeit treibt Blüten, alles ist hier auf Anrede, Adjustierung, Titelbezeichnung gestellt. Wenn dir sonst noch was Spanisch vorkommt: Ja, ich war hier, bereits hier. Ich hab's schon zweimal versucht. Erzähl ich dir noch. Nicht hier. Oben auf dem Chambre. Seit den Jahren meiner Geburt um das Wartburgfest herum ist bei uns das große Petzen-Syndrom im Schwunge. Wir werden bereits vom Nachbartische aus lorgniert! Jeder bespitzelt jeden, jeder verpetzt jeden, jeder könnte ein vaterlandsfeindlicher Geselle seyn... Metternich lässt grüßen... Demagogieverdacht allerorten! Wir haben noch unser konspiratives Zimmer!" flüsterte Adora.

„Da kommen wir zu solcherart Erzählungen hoffentlich nicht!" meinte Osterloh resigniert und gleichzeitig erfreut. Adora-Sidonie sah sehr schön aus, an diesem Tische, mit ihrer Keramikflasche und dem Waldglas und ihrem vom Strohhut überschatteten feinen Gesicht mit den geschwungenen Lippen und ihrer schmalen Nase.

Urplötzlich musste Sven scheißen!

Er wurde fahl. Das trübe Bier! Die Wärme! Die Vergangenheit! Die Häsin nickte verständnisvoll und wies verschwörerisch nach links hinten, auf einen ausgetretenen Pfad zu einer Ecke mit riesigen Pestwurzblättern nebst einer Bretterbude. Er lief hin. Quietschend öffnete er den Abort. Ein Holzbrett mit Loch gab den Blick auf Trübes frei. Überall riesige Fliegen. Durch die herzförmige Aussparung der grobgezimmerten Tür flutete in einem Bündel das Abendlicht. Staubteilchen tanzten.

Nach einer kurzen Verzögerung, die dem ungewohnten Herablassen der Beinkleider geschuldet war – Verknöpfungen des Latzes, der den Hosenstall ersetzte, und Stoffriemchen an den Außenflanken der Pantalons sorgten für diese durchaus sehr unwillkommene Zeitspanne hektischen Fummelns –, konnte der in den Jahrhunderten doch etwa gleich gebliebene Vorgang begonnen und vollendet werden. Die Suche nach Papier ergab eine Überraschung. Sein Blick fiel auf eine Art Futter-Raufe aus Holzleisten an der Seitenwand des Abort-Hauses. Nach mehreren großformatigen Blättern – Kohlrabi, Rüben, Pestwurz? – fielen ihm kleinformatige Zeitungsdrucke in die Hände, deren Datierung er in einer Aufwallung heftigen Misstrauens aufmerksam suchte.

Das „K. und K. Privilegierte Klattauer Intelligenzblatt" war eine zerlesene und eingerissene Ausgabe vom Frühjahr 1842. Das mittlere Blatt fehlte. Sven musste gleich noch einmal schei… vor Aufregung. Der Hamburger Großbrand!

Ein Bahnunglück im französischen Meudon. Afghanistan-Krieg. Ein Nachruf auf den Tod der Mozartwitwe! Stimmte alles. Oh Gott, in der Vergangenheit! Sven in der Vergangenheit! Er nestelte sich die feinleinerne, etwas reibende Unterhose und die Hose zusammen und schritt, nachdem er innerhalb des stinkigen Holzkerkers den tadellosen Sitz seiner Frackjacke überprüft hatte, gelassen zu Adoras Tisch. Die erwartete ihn bereits lächelnd.

Dieses schöne Adora-Lächeln, gepaart mit diesem Augenglanz! Dieser verführerische Schmetterlings-Mund!

„Ein schöneres optisches und olfaktorisches Will-kommens-Erleben als die Abtritte kann es in meiner Zeit kaum geben. Nur noch übertroffen von zahnärztlichen Barbierstuben der Vorstadt", sagte sie kummervoll lächelnd.

„Und trotzdem magst du doch deine Zeit?"

„Es ist wie die Rückkehr nach Hause, wenn auch in ein ungeliebtes Haus... Du wirst morgen wissen warum", sagte sie und prostete ihm kokett mit ihren Mineralwasserglas zu.

Der schwänzelnde Fezträger erschien, und Adora bestellte ihrem armen, geplagten Sven eine Bouteille Wein, „aber vom Einheimischen, gut Böhmischen!"

„Ihr hattet hier Weinanbau?"

„Liebelein, selbst in deinem Ilm-Rattennest Vierheim wurden Rebstöcke gezogen und Beeren gekeltert, das hängt mit der Änderung der Verbrauchergewohnheiten in meiner Zeit zusammen, Lagerbier wird, ich sagte es, erst am 11. November diesen Jahres in der Gaststätte ‚Zum goldenen Adler' im namensgebenden Ort ausgeschenkt."

„Warst du dabei?"

„Liebelein, mein Blödes, nein, ich mache vorher die Miez, wie man das hier im schönen Schönbrunnerdeutsch ausdrückt, oder auf böhmisch…"

Sven unterbrach. „Woher weißt du das alles nur?"

„Ich bin eben der interessierteste aller Geister", sagte sie leise zu ihm. „Außerdem ist das Internet wirklich nicht zu verachten! Und jetzt gehen wir auf das Zimmer. Auf unser Zimmer!"

Der nahe Hauseingang der Herberge war mit einem sandsteinernen Dreiecksgiebel versehen, ein Flügel der schweren Holztür stand offen. Kühl wehte es aus dem Entree. Adora ging voran. Sie stieg die breite Holztreppe in das Obergeschoß hinauf. Ihr langer Krinolinenrock rauschte und knisterte. Sven ging ein paar Stufen hinter ihr und hatte somit den ausschwingenden Rock vor sich, der mühelos schaukelnd und wippend rasch die Treppenstufen aufwärts schritt. Ein mit Kalkfarbe gestrichener Flur, am Ende ein vielgliedriges Fenster, links und rechts ein paar dunkel lasierte Türen mit Messingdrehknöpfen zum Öffnen.

An der letzten, linken Flurtür zog Adora, und sie traten in ein Zimmer. Durch das geöffnete Fenster konnte man die Lindenzweige fassen, der nahe Fluss rauschte. Es dunkelte draußen schon.

Adora schloss das Fenster und nestelte an ihrem Rock herum, den sie plötzlich wie eine Glocke hinter sich stehen ließ. Sie sah gut aus, mit ihren grellfarbenen

Strümpfen, die oberhalb ihrer Knie mit gestickten und zu Schleifen geknoteten Bändern umschlungen waren. Das Biest hatte noch sein schweres, hochgeschnürtes Schuhwerk an, welches es umständlich, sich nach vorn beugend, aufknöpfte. Der Anblick war zuckersüß, und allein er hätte die Vergangenheitsreise gelohnt.

Bevor sich Adora weiterer Kleidung entledigte, öffnete sie das Fenster nochmals und schloß die äußeren Läden. „Muss niemand spannen! Das tun sie in meiner Zeit so gern wie in der deinen!"

Nachdem sie sorgfältig verriegelt hatte, benutzte sie ein auf einer gebauchten, dreischübigen Kommode stehendes Feuerzeug, indem sie einen Holzspan aus einer danebenstehenden Schale in dasselbe hielt.

„Oh-ha", sagte Sven erstaunt, „ein Döbereinersches Feuerzeug!", und trat interessiert zu Adora, welche mit dem brennenden Span nun eine Kerze anzündete.

„Kleine Lehrvorführung für morgen gratis, wenn er denn ne ne Ölfunzel hat hier", sprach sie suchend.

Ihr Blick fiel gemeinsam auf das Männerportrait über dem Möbel, eine kleinformatige Lithographie. „Das ist seine Apostolische Majestät Gütinand der Fertige. Ferdinand der Gütige. Vollkommen belanglos! Deshalb eben auch das Epitheon ornans ‚Gütig', um ihn aus seiner Bedeutungslosigkeit zu erlösen."

„Ist das der, welcher 1848 auf sein Amt verzichtet hat?"

„Verzichten wird, Liebelein! Das ist noch Zukunft! Jedenfalls für die meisten hier. Du, wir befinden uns im Jahr 1842! Es sind noch sechs Jahre bis zur Unruhe. Dort wird er nur auf sein Amt, nicht auf seinen Titel verzichten."

„Was wird denn nun morgen", fragte Sven kleinlaut. „Da muss ich auf dich verzichten."

„Du musst auf gar nichts verzichten. Warte nur ab. Alles wird vor allem gut. Am Abend fahren wir nach Klattau. Dort findet meine Hochzeit statt. Du stiehlst dich am Abend mittels Nachschlüssel ins Hinterhaus, wechselst die Vorratsgefäße im Spind aus, springst zu mir in die Droschke, und von da an, Erfolg vorausgesetzt oder nicht, trennen sich unsere Wege, ich schleudere dich wie ein Geschoß eines Kinderkatapultes in deine liebliche bundesdeutsche Gegenwart zurück... und warte ab, was mit mir dann passiert."

Sven begann unversehens zu heulen. Das obergärige Bier, der gehaltvolle Weißwein, die nervliche Anstrengung im Jahr 1842 rumzukrebsen (für einen Alltagsmenschen wie Sven Osterloh nicht ganz leicht) und der kommende Abschied von dem Biest, von seinem Biest, seinem schönen Biest, ließen ihn nur noch tränenreich flennen.

„Ich find nie mehr jemand so wie dich", sagte er tränenerstickt. „Nie mehr!"

„Sag so was nicht", sprach Adora, entledigte sich rasch ihrer Korsage und leckte ihm die Tränen vom Gesicht.

Die Kerze blakte, Adora stand auf und schnitt den Docht mit einer zierlichen Putzschere, die auf dem tellerartigen Standfuß des Leuchters lag, ab. Sie sah sehr schön aus in dieser Beleuchtung. So mit Hell-Dunkel-Effekten, wie auf einem Bild eines alten Meisters. Caravaggio!

Sie wußte das auch wohl und setzte sich wirkungsvoll in Szene. Sven stand ebenfalls auf und faßte sie um ihre bronzefarbenen Schultern. „Adora, bitte versuche mich nicht zu vergessen... Ich selbst werde immer an dich denken."

Das Bett war überraschend hart und stachlig. „Gastwirtschaftsbetten halt", meinte sie schulterzuckend, braungebrannt und keck splitternackt unter die schwere, karierte Decke kriechend.

„Komm jetzt..." forderte sie. „Wir haben morgen tatsächlich einen schweren Tag!"

DER WOHL LETZTE TAG

Er wurde von Vogelgezwitscher geweckt. Adora lief wie der junge Tag zum Fenster, während Sven mit den Nachwirkungen der waldglasgrünen Weinboutille und des aktiven Teils der Adora-Nacht zu kämpfen hatte.

Vor den Fensterläden war Pferdegetrappel hörbar. Ein Bedienter klopfte leise an die Tür des Logamentes. Sven sah, dass dieser eine rote Samtkappe trug und mit der plötzlich völlig angekleideten Adora durch den Türspalt leise sprach.

„Dein Wagen wartet!"

Alles ging jetzt sehr schnell. Adora fasste, überraschend sachlich-kurz, Svens Aufgaben zusammen. In der Abendzeit in die Statthalterei eindringen und den Lauf, den Verlauf der Dinge ändern. „Ich denke, leiseste Störungen des Geschehens bringen einen anderen Ergebnishorizont", meinte sie, bugsierte Sven in die offene Chaise und schmiss den Schlag zu. Der Samtkappenträger kutschierte. Dem nickte Adora zu, küsste Sven rasch mitten ins Gesicht, während die Pferde zeitgleich die Kutsche anruckten. Im Trab ging es der nahen Stadt zu, während Sven sich bemühte, durch den hohen Vatermörderkragen behindert, seinen Kopf zu der zurückgebliebenen Adora zu wenden.

Als er schließlich nach hinten blickte, stand sie nicht mehr da. Er ahnte warum. Sie wird bereits, von nichts ahnend, in der Statthalterei sein. Er sah den Strom dichter werdenden Verkehrs auf dem Stadtweg.

Landleute mit Schubkarren transportierten ihre Waren, Handwerksburschen wanderten, leichte Gefährte überholten Svens Kutsche oder kamen aus der Stadt entgegengefahren. Er sollte, so Adoras Anweisung, die Zeit bis zum Abend horchend in der „Bürgerwonne", einem gediegeneren Fremdenhof, der Statthalterei gegenüberliegend, verbringen.

Aus dem Personal der „Bürgerwonne" übrigens rekrutierten sich die zusätzlichen Lohndiener, die am heutigen Tagesausklang den Hochzeitsgästen aufwarten sollten. Adora meinte, dass Sven von den geschwätzigen Domestiquen Brauchbares über den Abendhergang erfahren könnte.

An einem Ecktisch mit Ausblick auf das Barockgebäude machte er es sich bequem. Eingedenk der heftigen Stuhlgangattacke des gestrigen Tages, nicht gewillt, diesen Fehler noch einmal zu machen und vielleicht mit dem eigenen Dünnschiss den Verlauf der Geschichte unwunschgemäß zu beeinflussen, bestellte er bei dem gesprächigen Kellner, der in ihm wohl den reisenden Herrn von Welt vermutete, Marienbader Wasser und ein Körbchen trockene gesalzene Brezeln. Er gab der befrackten Plaudertasche ein üppiges Trinkgeld, Ruhe damit erkaufend. Mit glänzenden Kleinmünzen in opulenter Quantität hatte ihn gestern noch sein schönes Biest verproviantiert.

Ja, mein schönes Biest, dachte Sven in einem plötzlichen Angstanfall. Wie komme ich eigentlich zurück? Adoras permanente Versicherung, dass dies wirklich das Einzige sei, über das er sich überhaupt keine Sorgen zu machen brauche, beunruhigte mehr, als sie beruhigte. Trotzdem hatte er ganztägig eine durchaus sichere Stimmung, als sei er über einen guten Ausgang prä-informiert. Völlig beruhigt und ausgeglichen!

Er sah, wie sich drei Männer unbestimmbaren Alters im Nachbarraum geräuschvoll in reichgalonierte Livreen und Escarpins umkleideten und über ihr kurz geschnittenes Haar Perücken stülpten. Ah, Ailes de pigenon, dachte Sven... Taubenflügelchen wurde diese Frisur genannt, wegen der eingerollten Locken links und rechts des Gesichtes... Sven gab sich rasch Gelegenheit, seine kulturgeschichtliche Bildung zu bewundern.

Laut debattierten die Kerle wegen eines Sebaldus Halbwachs, der nicht zur bestimmten Uhr-Zeit gekommen war, und verglichen wichtig ihre Taschenzwiebeln. Als das Zimmer verlassen war, schlüpfte Sven im plötzlichen Wissen, was er zu tun hatte, in den Raum und zog sich die übrige, ihm glücklicherweise passende Domestiken-Livree über. Seine Sachen stopfte er unter einen schweren Schrank. Es dämmerte draußen bereits. Er nahm sich in der Gasthofsküche als Alibi einen großen, geflochtenen Brotkorb, verließ die „Bürgerwonne" und ging herzklopfend auf die hell erleuchtete Statthalterei

73

zu. Beim Türhüter gab er sich wie selbstverständlich als Sebaldus Halbwachs aus, und mischte sich mit aufgesetzter Wichtigkeit unter die hin und her eilende Dienerschaft. Was jetzt tun, ohne aufzufallen…

Er eroberte sich einen Platz an einer Saaltür, die er in militärischer Grundhaltung mit bewegungslosem Gesicht flankierte. Hoffentlich war es noch nicht zu spät. Zu spät, zu spät. Die Gedanken kreisten.

Wie bewegliche Bilder sah er die Damen in ihren seidenglänzenden Roben an sich vorbeiziehen, am Arm eines Befrackten oder Uniformträgers. Die Kerzenbeleuchtung verströmte starke Wärme. Schwere Patschuiduftschwaden gemischt mit Kölnischwasser- und Schweißgeruch benebelten ihn. Schweißgeruch, der in den stickigen Räumen herrschte…

Gespornte und klirrende Uniformträger mit Schärpen und blitzenden Ordenssternen bildeten die Mehrzahl der männlichen Gäste. Aufmerksam blickte er jedem dieser mit Backenbart und Epauletten versehenen Offiziere ins Gesicht. Wie finde ich Immelborn? Ich habe von diesem Abend nichts… ich bin in der Vergangenheit und habe nichts davon…

Das Biest musste schon zu Bett sein, endlich hörte er die von Adora beschriebene schräge Pianofortemusik und den grölenden Gesang dazu. Es wird Zeit, dachte er im gleichen Moment, unruhig werdend, als er auf dem

Kaminsims in der Nähe eine überglaste Stutzuhr mit Säulen fein und silberhell die zehnte Stunde schlagen hörte.

Sich vergewissernd, blickte er kurz auf den Weiser der Pendule. Oft kam es nämlich vor, dass diese Uhren nicht die Stunde schlugen, die sie anzeigten. Er verließ seinen Türplatz, nahm ein Tablett mit Gläsern und einer roten Karaffe von einem der Taburets, um über die wie schlafwandlerisch gefundene enge und knarrende Bedienstetentreppe in das zweite Geschoss des Gebäudes zu steigen. Eine Kammerzofe – gedunsene Tschechin mit roten Wangen und breiten Gesicht – wies ihm misstrauisch den Weg zum Brautgemach. Sein Herz klopfte bis zum Hals. Die Beine versagten ihren Dienst. Er klinkte nach leisem Klopfen die Zimmertür auf und sah in dem dunklen, stillen Raum ein großes verhangenes Himmelbett, auf dem Nachtschrank daneben die besagte Zeitlampe bereits mit deutlich größer gewordener Flamme nach dem Bettvorhang züngeln.

Er stellte das Messing-Tablett kurzerhand auf dem Dielenboden ab und wollte zur Lampe gehen, da knallte die Tür auf, und die Zofe von eben stand plötzlich mit einem wütenden Offizier im Raum und zeigte auf ihn. Sven war so verdutzt, dass er die rote Flasche nach dem Mann und der schimpfenden Tschechin warf. Hinter dem Bettvorhang schrie es, und Sven sah als letzten Vergangenheitseindruck, wie Urban Levin von Immelborn die kreisrunde Mündung eines rasch gezogenen winzigen Terzerols mit wissendem Gesicht entschlossen auf ihn richtete. Das schwarze Loch blitzte auf, Sven fiel um, und seine Haartour mit der schwarzen Schleife und dem Zopf rollte in eine Zimmerecke. Er blickte auf die Scherben der Rotglaskaraffe und seine Perücke. Dann sah er nichts mehr. Zu spät, dachte er, zu spät.

EIN FINALE UND DOCH KEINS

„Sie haben einen Unfall erlitten, alles ist gut", sagte ein glatzköpfiger, untersetzter Arzt leise, dessen Hand Sven quetschte. „Sie hatten viel Blut verloren, eine Schrotkugel tangierte die Halsschlagader. Sie haben aber Null Positiv, davon ist immer genug da!"

Der Weißkittel klopfte, mürrisch blickend, rasch mit seinem kurzen, behaarten Zeigefinger an eine blitzende Infusionsflasche über Osterlohs Bett. „Die Polizei ist draußen und will sie als Geschädigten und Zeugen vernehmen. Ist es recht, jetzt?"

Sven im Krankenhaus, Notfallklinikum, Jagdunfall. Schnelle Medizinische Hilfe – Krankenwagen, von Stahnsdorf aus nach Berlin Charlottenburg, Klinik, Notaufnahme. Alles nur ein Traum? Nein!

Tage später: Sein Auto stand noch dort, am alten Ort. Unabgeschlossen, mit mehreren Straf-Zetteln und behördlichen Aufklebern, Aufforderungen behufs Abschleppen, im öffentlichen Verkehrsraum etc.

Er sah die Schroteinschläge im vorderen Kotflügel... winzige Durchlochungen, und im Wageninneren, im Fußraum des Beifahrersitzes – ein nußbraunes Hasenfell... wie eine Kleidung, ein Rock, so säuberlich, geradezu akkurat und gefaltet dort abgelegt. Traurig vergrub er die haarige Reliquie in Nähe des alten Jösters.

Sein Biedermeierportrait fiel vom vor Jahren eingeschlagenen Nagel, und er entdeckte den Zettel! Vorher tatsächlich nicht dagewesen, klebte er stockfleckig an der Rückseite des Bildes, darauf geschrieben: Adora Sidonie Stailler von Wollfersgrün, 1820, Klattau, bis 1909, dortselbst.

Und die Dargestellte hatte sich merkwürdig verändert. War das noch Adora, die Häsin?

Auch kam ihm zu Bewusstsein, dass er die Tochter des Statthalters in seinem Zeitsprung-Erleben im Klattauer Palais selbst nie zu Gesicht bekommen hatte! Merkwürdig.

Wochen später sah er sie. Er sah sie im kalten Licht einer begangenen S-Bahn-Unterführung, Nähe Friedrichstraße, als er eine Currywurst aß. Dieselben leicht schräg gestellten Augen; aber die Alltagskleidung, gelbe Leggins und Anorak, sorgten für eine Ernüchterung.

Das war sie, zweifelsohne! Sie war es! War sie es?

Erregt und entschlossen, das Mädchen zum zweiten Mal kennenzulernen, warf er die Pappschale mit den rotbraunen Saucenresten in den Mülleimer neben der Wurstbude und ging ihr im Strom der abendlichen Passanten und der beginnenden Großstadt-Nacht rasch nach. Die auf der Lauer liegenden Fragen überstürzten sich. Ein Zitat eines recht modernen Philosophen ging ihm bei aller Eile des Gehens und der Angst, sie im Gewühl zu verlieren, nicht aus dem Kopf:

„Die Betroffenheit durch das Wirkliche hält man gern für das, was die Wirklichkeit des Wirklichen ausmacht."

EIN WORT DANACH

Am Geschichtsmärchen-Projekt der „Häsin" wurde lange sieben Jahre herumgedacht. Entstanden ist der Ur-Gedanke des indes sicher wirr erscheinenden Plots in Schleswig-Holstein, irgendwo in der Nähe von Itzehoe. Ich hielt mich in einem herbstlich-kalten, vielleicht sogar bereits frühwinterlichen Waldstück auf, plötzlich begann es zu knallen, weil der dort tatsächlich noch lebende Hochadel zur elitären Jagd blies. Gewaltige Hasentiere lebten gleichfalls auf den weiten, gelben Stoppelfeldern, an deren Rand mein angejahrtes Auto stand.

Die Spezies der Feldhasen imponierte mir immer, seit jeher. In meinen nicht absolut sorgenfreien Kindertagen wurde daheim, im nahen, roh gezimmerten Stall, großer Aufwand um deren domestizierte und gleichsam verkleinerte Verwandte getrieben.

Nun ist es ja fast immer so, dass Objekte und Dinge, welche man sich selbst bewünscht, eigentlich stets genau jemand anderem in den Schoß fallen; nicht so in unserem vorangegangenen Novellen-Märchen, hier wird die Vorstellung sogar noch von der scheinbaren Wirklichkeit übertroffen...

Klar, sucht jetzt die Motive, analysiert Obsessionen, findet fatale Übereinstimmungen mit Novellen und Märchen der Literaturgeschichte: Tod und Eros, Geschichtswilligkeit und Überdruss, Neid und Missgunst, aber auch gequälter Verzicht und Unerfülltes im Menschenleben... und vielleicht darüber hinaus. Ein gutes

Philosophenwort leicht verändert: Ein Autor hängt nicht von einem Autor ab, „[...] sondern hängt, wenn er denkt, dem zu Denkenden an. Die Kleinen dagegen leiden lediglich an ihrer verhinderten Originalität und verschließen sich deshalb dem weither kommenden Ein-Fluß".[1]

Doch um die geheimen Dornen des Seins weiß jeder selbst am besten, der nicht Schlagerweisheiten wie „und irgendwie ist alles ok" (Originalton der Gruppe Nena, um 1985, durchaus flott und glaubhaft gesungen) anhängt...

Klatovy nun, diese türmereiche, bauwerksträchtige Kreisstadt, zum Zeitpunkt unserer literarischen Märchen-Reise noch zu den Habsburger Landen gehörig, besuchte ich als Teenager erstmalig mit meinen Eltern in den endigenden 1970er Jahren und dreißig Jahre später mit meinem damals zehnjährigen Sohn letztmalig im warmen Sommer 2007.

Es waren drei oder vier sehr schöne, tatsächlich langzeitinspirierende Tage an den grünen Gestaden der Úhlava, zwischen Hügeln, viel Fassbier, lieben Auen und dieser novellistisch anmutenden, 22.500 Einwohner zählenden, wunderlichen Stadt, mit meinem noch kleinen

---

1 Heidegger, Martin: *Was heißt denken?* Reclam. Stuttgart. S. 59

Sohn und dem alten Wohnwagen am noch älteren Auto. Auch später sollte ich noch oft an Klattau denken.

Bei seinen sonstigen Schriften verständlich, dass die sepulkrale Touristenattraktion unter der Jesuitenkirche der unbefleckten Empfängnis ein zeitaufwändiges Ziel von des hochgradig sepulkral-affinen Autors Erkundung wurde. Auch der stadtrandig gelegene Gottesacker St. Jakobus wurde visitiert, mit nur wenig Phantasie kann man noch im Heute auf seinem historischen Teil die Grabstätten eines Teils unserer Novellen-Protagonisten finden.

Die das Märchen bevölkernden Personen kenne ich aus meinem Alltag. Es sind allesamt tatsächlich nur leicht umgeformte, gestandene Helden des trist Täglichen und seiner unsichtbaren, nervenden Schlachten. Sind sie überhaupt geeignet für eine Erzählung, ein Märchen, eine Geschichte? Ein homo novus ist nämlich unser Osterloh wahrlich eineindeutig nicht: Vielleicht war er aus diesem Grund geeignet für unseren Plot, die märchenhafte Begegnung mit der Vergangenheit und der wandlungsfähigen Häsin. Und: Unter Qualen lächeln. Er lächelt, trotz des eigenen Verlierens und des nicht gelösten Geheimnisses. Wie der von Pfeilen durchsiebte heilige Sebastian...

Das Motto der Geschichte soll sein: „Lassen Sie sich was Schönes träumen" (Zitat Prinz Carl von Preußen, dritter Sohn des König Friedrich Wilhelm III.).

Noch was zum Schluss: Mit dieser Märchen-Erzählung und der Person des Autors ist es seit 2005 wie mit der alttestamentarischen Story des Saul, der auszog, seines Vaters Eselinnen zu suchen und ein Königreich fand...

Aber was rede ich da? Genug!

ENDE